KB024435

침침한 저녁이 더듬어 오던 시간

김영희 시집

침침한 저녁이 더듬어 오던 시간

달아실시선
47

달아실

일러두기

1. 본문에서 하단의 〉는 '단락 공백 기호'로 다음 쪽에서 한 연이 새로 시작한다는 표시임.
2. 보조 용언과 합성 명사의 띄어쓰기 등 본문의 맞춤법은 시인의 의도에 따른 것임.

시인의 말

물살을 거슬러 오르는 연어처럼
태내(胎內)의 언어를 찾아 시간을 거슬러 올랐다.

세상에 내놓으니 보인다.

문장의 행간마다
시간을 역류한 언어들이
상처난 지느러미 같은 아픔이었다는 것을.

2021년 11월

김영희

차례

침침한 저녁이 더듬어 오던 시간

2부

3부

4부

1부

송진이 뛰어들어

송진이 뛰어들어
솔 간장

장독대 옆 나이 든 소나무
솔 그늘이 되어도
솔잎 엄벙덤벙 뛰어들어도
장맛은 변하지 않았다

삼월이
습설로 투덕투덕 눈을 쌓았다

장독대를 지키던 늙은 소나무가 부러졌다

부러진 자리의 비명이 뛰어내린다

열어놓은
장항아리에 진한 눈물을 섞는다

봄, 꽃다지

햇살이 내려다보는 마당 잔디밭에
나는 꽃다지처럼 쪼그려 앉아
잔디보다 서둘러 나온 봄풀들을 뽑는다
마른 잔디 사이로 꽃다지 냉이
그 사이 이름도 잊은 풀들이 보인다
삼월의 중간쯤이다
바람 한 점 일지 않는 삼월의 햇살 고요하다
꽃도 피지 않는 잔디를 위해
어린 꽃다지와 봄풀들을 퇴출시키며
그들의 영역을 넓혀준다
풀의 가족이 늘어갈수록 잔디밭은 원형탈모를 앓았다
풀 뽑던 손 멈추고 하늘을 본다
잔디를 뽑아내고
꽃다지나 제비꽃을 키우고 싶다는 생각을
안 해본 것이 아니다
꽃 핀 봄 바람으로 내달리던
그리움들이 울컥할 때마다
나는 풀 뽑던 손 멈추고
봄 햇살에 주저앉아 꽃다지가 된다

바람의 메일

2월이 떠나고
바람의 눈빛이 수상하다
거칠던 손짓이 달라졌다
툭하면 시비를 걸던 심술도 줄었다
저 변덕스런 몸짓에 어떤 음모가 들어 있을까
수상한 메일이 왔다
3월이 술렁이기 시작했다
산후조리도 끝나지 않은 개구리 덩달아 외출이 잦아졌다
연못 속의 개구리알은 제 홀로 자라고
눈치 빠른 봄풀들 빈틈마다
자리를 잡았다
급하게 올라오는 아랫녘 꽃소식
소문만 무성하다
성질 급한 나무들 서둘러 잎눈을 열고
꽃다지 냉이 별표 무수한 지도를 꺼낸다
바람의 은근한 메일
겨우내 묶여 있던 그린벨트가 해제되었다

화살나무

강원도 홍천읍 희망로 3길에서
각 번지수 방향 표시가 있는 대한빌라 담장 모서리
화살나무 서둘러 이정표를 꺼냈다
봄의 길을 찾는 중이다
길 건너 학교 담장 아래 매화 덩달아 꽃잎 내밀었다
주소도 번지수도 없는 봄
대구상회 그늘진 마당 늙은 목련은 털모자를 벗지 못했다
봄의 길은 알 수가 없다
화살표로도 찾아갈 수 없는 봄 아무도 가르쳐주지 않는 봄의 번지
주소도 없는 봄을 찾아 무작정 길을 나선다
이정표도 없는 봄바람에게 길을 묻는다

수룸재의 봄

44번 국도에서
주음치 68번길 따라간다
바람이 앞장서는
수룸재 골짜기
다래 넝쿨 실눈을 뜬다
물소리 뒤따라온다
엎드렸던 가재 놀라 돌 밑으로 기어든다
고라니 어린 쥐 따러 내려오는 사월이다
어린 고라니 길 잃을까
산벚나무 환하게 꽃불을 켜는 사월이다
돌배나무 덩달아 구름 같은 꽃등을 달았다

접목은 어렵다

야생의 뿌리 감추려 어미 옆구리 빌려
상류사회를 꿈꿨다
온실 속에서 위조한 신분
맨땅에 뿌리내리기엔 야생의 힘이 더 강하다고
무성한 변명들이 넝쿨로 자랐다
장미를 피워야 할 시간
뒤엉킨 변명마다 찔레꽃이 하얗게 매달렸다

노란 봄

애기똥풀 노랗다
씀바귀도 노랗다
먼저 다녀간 개나리도 노랑이었지
봄은 노오래서

노오랬어

노오랗더라구

잠시 까아망이었나?

노오란 수액이 떨어지고 있었어

정자 씨의 봄

정자 씨는요
수룸재 첫머리에 사는데요
물소리 바람소리 함께 사는데요
오랍뜰 곰취며 나물취 고라니랑 함께 먹고 사는데요
마당 아래는요
고라니가 물 마시러 내려오는 계곡인데요
다래 넝쿨 우거진 계곡인데요
그 다래 넝쿨이 봄 한철 효자라네요
지난봄 다래 순 따서 삼십만 원 했다고
정자 씨 자랑하던 걸요
넝쿨이 가려 하늘이 보이지 않는 그곳은요
경칩이 지나도 개구리 겨울잠을 자는데요
수룸재 진달래 박새이로 흐드러져야
허둥대고 나와 몸을 푼대요
가재들 돌 밑에 숨어 보는 줄도 모르고요
쑥 캐던 정자 씨도 보았대요 글쎄

수타사에 갔다

강변 산책로 벚꽃이 흐드러졌다
늦게 올라온 꽃잔치가 한창이다
봄은 봄인가 보다
수타사 벚꽃도 피었을꺼나
부처님도 뵙고 꽃도 만나자고
수타사 가는 길
수타사 벚나무들
눈 딱 감고 꿈쩍도 않는다
아직도 동안거에 들어 있나
강변 벚꽃 한창이더라 소리쳐도
홍우당 부도탑*처럼 대답이 없다
대적광전**에 들어 부처님께 일러줄꺼나

* 수타사 홍우당이라는 호를 가진 승려의 부도탑.
** 수타사에 있는 강원도 유형문화재 17호로 지정된 법당.

해가 지면 꽃들도 집으로 간다

꽃들이 문을 닫는다

해가 지거나
비가 오면 꽃들도 집으로 간다

홍천 영귀미면 삼현리 작약밭이 환하다
희고 붉은 웃음 환하다

쥐며느리들 나들이를 나왔다
꽃 보러 왔다

해가 지니
환하던 웃음 접고 집으로 간다

꽃들마다 문을 닫았다
꽃잎들 밥상에 둘러앉았다

해가 지면 꽃들도 집으로 간다

쥐며느리들도 집으로 갔다

터미널 연가

우체국에서
너에게 택배를 보내고 돌아오는 길
홍천 터미널 지난다
너에게 가는 길도 그곳에 있다
속초에서 영 넘어온 버스가 잠시 멈추었다 너에게로 가고
너를 떠나온 버스도 잠시 숨을 고르는 터미널
버스도 그곳에 멈춰
누군가를 기다리는데
너와 나의 만남은 그곳에 없다
버스는 움직이고
떠나는 너와 보내는 내가 손을 놓지 못하고 눈물 흘리던
터미널의 이별은
빛바랜 필름 속에만 남아 있다
부산하게 오고 서둘러 떠나던 터미널의 모습 사라진
늦은 오후의 터미널
가끔
기지개를 켜듯 들어오고 떠나는 버스들의 움직임만이
그곳이 휴업 중이지 않음을 알릴 뿐이다
목적지도 없는 몇 사람이 휴게실 의자에 앉아

오지도 않는 버스를 기다리거나
언제 올지 모를 시간표를 읽고 있다
앳된 군인 몇이 금강상회의 문을 연다
졸고 있던 남자가 화들짝 일어선다
터미널 옆 목련 아직 털옷을 벗지 않았다
벚나무도 눈을 뜨지 않았다
택배를 보냈다고 너에게 문자를 보낸다
터미널 소식 함께 보낸다

아버지의 노래

아버지는 딸 여섯을 두었다

나성에 가면 편지를 보내겠다던
셋째 소식이 없다
저고리 고름 말아 쥐고서 소쩍새 울음 따라간
타향살이가 몇 해이냐
손꼽아 헤여봐도
고향 떠난 청춘은 어디를 헤매느냐
남쪽 나라 내 고향 찔레꽃 붉게 피는데
나븐들 지나 귀새 돌아오는 우체부 기다리며
가련다 떠나련다 글썽이시더니
두만강 푸른 눈물이 출렁이고
불국사의 종소리는 왜 신라의 밤에만 우는가
눈보라가 휘날리는 흥남부두에서 손을 놓은 것도 아니
건만
셋째야 어디에서 길을 잃었느냐
연분홍 치마가 휘날리는 봄바람에
옷고름 씹어가며 성황당을 넘어오려나
용두산 팔백구십사 계단을 밟고 오려나

꽃이 져도 아무 기약 없이 봄날은 가고

아! 으악새 슬피 우는 가을이면 소식이 오려나

* 옛 가요 제목이나 가사.

표고

— 백화고*

맞아야 사는 生이 있다

영문 모르고 맞은 맷자리

이 악문 오기들이 근육으로 돋아났다

잘 만들어진 몸은 꽃보다 아름답다

매로 키운 근육질의 몸

이두박근 삼두박근 자랑하지 않아도

등 근육이 꽃으로 터졌다

* 이른 봄 젤 먼저 나오는 일등급의 표고. 표고목은 제때 한 번씩 두드려준다고 함.

헛개나무

두개비산에서 늙은 헛개나무를 만났다
세월의 때가 낀 아랫도리
두꺼운 껍데기가 거북이 등처럼 갈라졌다
사월의 수다에도 죽은 듯 서서, 잎눈 하나 꿈쩍 않는다
손닿을 수 없는 곳까지 잘려나간 행적들이 수상하다

주독을 해독시키는 천연 해독제라고 했다

그 곁에 가면 술이 물이 된다니
살아가며 독 한 번 품지 않은 이 얼마나 될까
이 뭣 같은 세상 엿 한번 먹이자고, 술자리에서
큰소리 한 번 내질러보지 않은 이 얼마나 될까
깨고 나면 세상의 눈치만 독으로 남아
꺼림칙한 찌꺼기들이 후회로 쌓이는 숙취
밤새 술주정 받아들이고
새벽 술국 끓여 속 풀어주던 어미처럼
수십 년 한 자리에 서서 팔 다리 다 내주며
세상의 술독을 풀어주는 저 늙은 헛개나무

2부

환상통을 앓았다

밤은 잠을 거부했다
오이씨만 한 스틸녹스 한 알에 잠을 부탁했다
검은 밤의 음모가 나를 내려다보고 있었다
알약에 잠을 의존하는 사이,
밤은 소음의 거푸집을 짓고 있었다
풀벌레 울음이나 바람의 신음을 모으려는 속셈
수면제를 먹지 않는 밤
잠은 고치 안에 갇힌 번데기처럼 소음의 거푸집에 갇혀 버리고
소리들은 보이지 않는 혈투를 벌였다
불탄 폐사지에 남아 있던 깨진 기와 조각처럼
날개의 흔적으로 남아 있는 등죽지가 욱신거렸다
소음의 거푸집이 부서지고
바람과 풀벌레들의 신음이 나방처럼 쏟아지면
날개를 잃은 잠은 환상통을 앓았다

폭우

폭우에 강물이 황톳물로 불어났다
강기슭의 풀들이 아우성이다
차오른 강물에 강가의 생들이 위태롭다
허리까지 잠긴 강버들이
선화지仙花紙 같은 강물 위에 급히 붓을 놀린다
버들의 서체가 원래 흘림체인지 알 수 없지만
어전에 급하게 보내야 할 상소문인지
구조 요청을 하는 호소문인지
쉼표도 마침표도 없이 휘갈기는 다급한 문장이 흘러간다
부딪치는 강기슭의 비명이 함께 흘러간다
급하게 휘갈기는 강버들의 서체
흘러간 것들은 지문을 남기지 않았다
낙관 하나 없이 흘러가버린 문장
말에도 지문이 있다지만
왜가리도 청둥오리도 보이지 않는 날이다

춘분

응달 구석 잔설이 늦잠 중이다

산후조리 끝나지 않은 개구리
모자란 잠
낮과 밤의 길이를 재본다

무지외반증

강변로를 걷다가
자갈밭 디디고 서 있는 대추나무를 만났다
거죽으로 걸어 나온 뿌리
땅 밖 내디딘 발가락들이 불거지고 휘어져 있다
내디딜수록 돌각사리뿐인 세상 밖
수십 년
비 가림 하나 없는 세상 걸어온 맨발이 험궂다
자갈길 걷노라 휘고 뒤틀어진 엄지발가락
보이는 것이 전부인 양 잘못 내디딘 生이 거기 있다
통증을 견뎌온 시간
보이고 싶지 않은 맨발 위로 강바람이 지나가고
나뭇잎 몇 장이 발등을 가려준다

돌밭을 걷다가 멈춘 관절마다 새 筍이 발가락으로 자란다

통증은 흐린 날과 동행한다

그림자가 수상한 날이다
구름의 음모다
그늘로 위장한 그림자들
어둠으로 내려앉았다
무허가의 어둠이 대낮부터 엄습을 했고
과거의 통증들이 고개를 들고 어깨를 눌러왔다
허리를 밟고 종아리를 당겼다
통증은 날궂이의 예고다
새벽녘이 되어 한도 초과를 견디지 못한 어둠이
기어이 터지고 말았다
빈 밭 갈던 작약밭
흙속을 빠져나오는 붉은 통증
통증은 흐린 날과 동행한다

가슴뼈 아래 묻었다

왼쪽 갈비뼈 위 쇄골 아래
통증이 온다
일상인 양 찾아오던 참을 만하던 아픔들이
훅하고 가슴을 내친다
가슴뼈가 끌어안은 심장 부근
끊어질듯 위태롭게 이어진 핏줄이 그곳에 있었다
끊을 수 없는 고통이 통증으로 욱신거린다
늑골이 부러진 듯 숨 쉴 수 없는 아픔
끌어안으면 더욱 커지는 고통에 눈물이 난다
나의 숨이 나의 것이 아닌지 모른다고
영상으로 숨겨진 통증을 찾아본다
시티 속에 너무 태연한
부서진 가슴 안에
오래전 떠난 아이가 웅크리고 있었다

상처가 아물지 않는다

말의 가시에 찔린 상처
며칠 지나면 아물 줄 알았다

보이지 않는 상처가 덧날 줄 몰랐다
시간이 지날수록
벌겋게 성을 내는 오해가 통증으로 왔다
밤마다 견딜 수 없는 아픔들이 심장을 조여왔다

열두 달이 지나고도 몇 달이 더 지났다
아물지 않은 말들이 곪아가고 있다
즉시 치료하지 못한
후회들이 고름으로 차오른다
덧난 오해들이 곪다못해 터지기 직전이다
미리 손쓰지 못한 후회들
곪은 말을 잘라낸 자리 처방은 이해밖에 없다

빈 방

주인이 떠나고
방은 가만히 누워 있었다
잠이 든 것은 아니었다
차곡차곡 개켜진 시간이 함께 누워 있었다
데려가지 못한 체취
내려놓지 못한 미련이 문고리에 걸려
문턱을 넘어서지 못했다
잠들지 못하던 방의 고단함이 보인다
이제 그만 쉬어야겠다고
그리고 떠나보내야 할 것 같다고
곁에 누운 시간을 토닥인다
빈 방
문고리에 걸린 미련을 내려놓는다

온몸으로 운다

애장터에도 못 간
어린것들이 온몸으로 운다
양수에 젖어서 운다
애들이 울 때마다 통증이 온다
젖몸살로 온다
울음은 마르지 않는다
다만 보이지 않을 뿐이다
온몸 파고드는 울음에
젖무덤이 불어 오르면
국지성 소나기처럼 한여름 원망이
회초리로 온다
수십 년 종아리를 맞아도
시린 매는 면역이 생기지 않는다
한여름에 털양말을 신고 솜바지를 입고
바람의 집이 되어도
애장터로도 못 간 원망
시린 고통들이 온몸으로 운다

우두망찰하다

젊은 시절 연애사가 아릿한
구십 다섯
청춘고백*에 눈 흘기고
타향살이*에 눈물 흘리면서
서울구경*에 손뼉도 치면서
사백 날 하고도 팔십여 일
역마살로 떠돌던 젊은 날들
비밀이라고
오류 난 기억들을 고백하면서
어스름만 내리면 亡者들 불러 동무하다가
섣달 스무나흘
아들도 몰래 맨발로 동무 따라 가버렸다
강룡사 예불 종소리 놀라
새벽을 흔들어 깨웠다

* 옛 가요의 제목들.

초로기 치매

한창 일할 나이
훤한 인물에 허우대는 천하장사
배움도 많다는
저 젊은이

오늘도 가는 길을 잊었다
중얼중얼 혼잣말하며
제자리만 맴돈다

- 목에 전화번호가 있나 봐주세요
- 누가 신고 좀 해주세요

몸이 기억하는 배설의 본능조차 잊었나
목 밑까지 삼킨 것들 되올리고 있다

나이가 아깝다고 인물이 아깝다고
여기저기서 수군수군

센서 오류가 난 젊은 세탁기

춘천 그 겨울의 안개

— 죽림동 언덕길을 걷는다

육림극장이 있는 죽림동 비탈길을 오르다 보면
구석진 모서리 반지하의 모퉁잇집
대낮에도 전등을 켜던 어둠이었다
한나절이 되어도 안개 걷히지 않던 춘천의 겨울날처럼
한 달 삼천 원에 미래를 저당잡혔던 그해 겨울
삼십 촉 전구 아래
잘못 이은 솔기의 실밥을 뜯거나
모자라는 소매 이어 붙이기도 하면서
맞지 않는 꿈을 박음질하기도 했다
아무리 다림질을 해도 접힌 희망은 펴지지 않았다
앞이 보이지 않던 반지하의 먼지들만
부우연 미래로 내려앉고
스물네 시간 돌아가던 환풍기 바람은
햇빛조차 볼 수 없던 열여덟을 시들게 했다
무거워지는 눈꺼풀에 소매 대신 손끝이 박음질되어
손톱눈 꺼멓게 죽어가던 그해 죽림동의 겨울

그 겨울 죽림동의 기억 안개가 자욱하다

1970. 정릉 산 1번지

자고 나면 어제 없던 이웃이 생겨났다.
루핑지붕을 쓴 시멘트 블록의 키 낮은 바람벽이
덜 마른 몸으로 허술한 이삿짐을 들이곤 했다.
1번 종점에서 동전을 줍는 늙은 아비와
3번 종점에서 나물을 파는 늙은 어미의 대학생 아들은
문턱을 나설 때마다 낯선 남자들이 뒤를 밟았다.
3번 입석버스를 타고 신설동 라사라 양재학원을 다닌다던 열아홉 살 순자는
미아리의 간판 없는 양장점 시다로 취직을 했다고 했다.
키 큰 처녀 셋이 자취를 한다는 별이 보이던 산꼭대깃집 문간방
부엌도 없는 그 방엔 사글세를 내준다는 중년 사내가 한밤중 다녀가기도 했다.
방 한 칸에 병든 장모와 어린 처제 함께 산다는 젊은 사내는
해가 지면 나비넥타이 매고 산 아래 복숭아 과수원 앞길 지나갔다.
청수장 계곡물들 그곳을 지나가면 바닥이 보이지 않았다.
〉

그곳에도 봄은 오고
진달래 붉게 피었었지. 1970년 성북구 정릉동 산 1번지

시월, 시위의 현장을 가다

공작산 산소길을 걷다가
계곡물 가파르다 느려진 궝소* 위에
시위를 하듯 모여드는 낙엽의 무리를 본다
신갈나무 떡갈나무 당단풍 복자기
활엽수의 낙엽 속에
나도 낙엽이라고
마른 솔잎 감시자처럼 끼어 있다
농성을 선동하는 바람의 보이지 않는 몸짓
시위의 명분은 무엇일까
어떤 명분이 그곳의 집회를 허락하게 했는가
골짜기마다에서 흘러드는 낙엽의 무리
점점 숫자가 많아진다
계곡의 유속을 따르지 않고
한자리를 맴도는 소沼의 습성
시위장 한가운데
낯선 이웃들 어깨를 겯고
원을 그리며 소리 없는 구호를 외친다
중심에 들지 못한 낙엽들 흩어졌다 모이길 반복
시위장을 떠나려 하지 않는다

골짜기 다시 바람이 분다
허공중을 뒤덮는 시월, 시위 현장의 속보

* 공작산 수타사 계곡에 있는 궝을 닮았다는 沼.

노숙

대한빌라 앞 길옆에
누군가 가져다놓은 아날로그 티브이
전봇대에 기대어 한 달째 노숙 중이다
수많은 발자국들이 지나가며
혀를 차거나 돌아보지만 멈춰서는 이는 없다
오늘도
온종일 내리는 비를 맞으며 웃는지 우는지
표정 없는 얼굴이 길을 향해 있다
오늘밤도 그는 한뎃잠을 잘 것이다
그도 한 시절 어느 가족의 중심이었으리
가족들을 한자리 모이게 하는 능력자였으리

빠르게 변하는 세상 디지털 세상에 자리 내주고
뒷방으로 물러나
잠 없는 누군가의 동무나 하면서
새벽을 열기도 했겠지
얼굴이 일그러지던 구안와사도 몇 번 지나갔으리
수전증으로 오던 흔들림도 있었으리
그렇게 늙어가다

방구석만 차지한다고

눈흘김 당하다가

아무도 모르게 낯선 곳에 버려졌으리라

쪽지 하나 없이 버려진 저 노숙

귀향

고래등으로 엎드렸던 오래된 집이 헐리고
그가 누웠던 자리 늙은 집의 살점들이 혈흔처럼 남아 있다

마지막 세입자가 떠나고

그를 고향으로 돌려보낸다는 풍문이 떠돈 지는 오래되었다

며칠 전부터 수상한 발자국들이 다녀갔다

하루 한나절, 숨만 남은 집을 안락사시키려는지
마지막 술잔처럼
온몸이 다 젖도록 물을 뿌렸다

우람한 포크레인이 들어오고
살아도 산 것이 아닌 누더기 같은 등을 벗겨내고
뼈대를 감싸던 가슴팍을 치자 황토의 살점들이 맥없이 물러앉았다
크고 작은 소문들이 드나들던, 문이 뜯기고

안방의 비밀을 지켜주던 문틀을 들어내고
마지막 등고선을 이루던 척추를 들어내자 자존심으로 버티던 기둥이 무너졌다
남은 살점들이 함께 주저앉았다
몇 차례 수술 병력이 있는 늙은 집은 인공호흡기를 달고 있었다
구들장을 데우던 그의 혈관을 우리는 고랫구멍이라 불렀다
그을음으로 막힌 고랫구멍의 구들장 위에 인공호흡기로 연결해놓은
보일러의 플라스틱 호스들
포크레인의 큰 손이 인공호흡기를 떼어내고 있다
늙은 집이 마지막 숨을 거두었다
이웃의 몇 사람이 늙은 고래등의 임종을 지켜보고 있었다

염도 하지 않은 그의 시신은 커다란 운구차 몇 대에 나뉘어 떠났다

그는 죽어서야 고향으로 돌아가고 있는 중이다

문상

홍천 장례식장 문상을 하고
벚나무길 따라 남산교* 지나 연희교* 건넌다
지난해부터
남산 자락의 행화촌과 거북등**이 통째로 사살되고 있다
마을 하나 집어내려는 듯
닥치는 대로 삼키는 괴물들의 포효에
행화촌과 거북등이 반쯤 먹혔다
숱 많은 머리칼처럼
침엽수 풍성한 남산도 비켜 갈 수 없다
남산다리 교차로가 필요하다는
허가 난 살상이다
그 안에 공생하던 집과 모텔도 사라졌다
사라진 것들의 장례는 어찌했을까?
아직 숨이 남아 있는 남산 자락이 단단한 바위로 버티고 있다
이 엄청난 사건에도 눈 하나 꿈쩍 않던 산책로 벚나무들이
더는 참을 수 없는지
슬쩍 실눈을 하고 운구차들을 바라보다가

갑자기
꽃눈 부릅뜨기 시작했다

* 홍천강에 있는 다리 이름들.
** 밤나무 단지가 있던 언덕, 거북이 등을 닮은 지형이라 그곳은 묏자리로도 쓸 수 없는 곳이었다 한다.

빈집

옛날부터 고래는 육지 동물이었다

암수 짝을 이루던 늙은 고래
바깥 고래는 수년 전 명을 달리했고
혼자 남은 고래 한 마리 겨우 숨만 쉬고 있다
혹자는
늙은 소가 누워 새김질을 멈췄다고 하나
저 집의 당호는 태초부터 고래등이었다
육지에 그 육중한 몸을 들여놔 한 시절 영화로웠지만
오래전부터 늙은 고래등은 허물어져가고 있었다
그 허술해진 틈을 비집고 개비름과 환삼덩굴이 슬그머니
가솔들을 이끌고 들어와 앉았다
내쫓을 근력도 남아 있지 않은 고래는 그저 바라만 볼
뿐이었다
바다로 돌아갈 의지는 애초에 없었다
남은 것은 요란하지 않은 죽음이었다
젊은 날의 기개와 욕망이 사라진 것을 확인한 것들이
슬금슬금 마당을 들어섰다
서슬 푸르던 날들 모란이며 작약이 사랑받던 그곳에

세상 쓴맛 다 쟁인 씀바귀 고들빼기 하나둘 모여들어
일가를 이루더니 낮은 생들의 쓴맛 좀 보라구
단체로 옐로카드를 흔들며 네 고향으로 돌아가라고 성토 중이다
담 밖에는 키가 큰 개망초며 달맞이들이 기회만 엿보며 기웃거린다
이제 고래는 더 이상 육지에서 살 수가 없다

알츠하이머
— 11월이 깊어간다

신발장을 열고
낡고 오래된 운동화를 꺼내 신는다
추색이 짙은 십일월을 건져 올리고 싶은 날
수많은 생각들이 홍천강을 유영하고
경계조차 알 수 없는 계절이 강물에 스며든다
날마다 얼굴 바꾸는 강물
흘러간 것들은 다시 돌아오지 않았다
오늘도 구름 몇을 데리고 하늘이 들어오고
덩달아 빈 나무 몇 그루가 아파트를 따라왔다
물속으로 들어간 아파트가 흔들린다
거꾸로 서 있는 나무들 사이 크고 작은 물고기들이 분주하고
아가미를 볼 수 없는 것들이 한숨을 쉰다
위태롭게 돌다리를 건너다가
물고기의 지느러미처럼 두 팔을 허우적거린다
양수를 헤엄치던 전생의 몸짓
생은 고해苦海라 했던가
앞으로도 뒤로도 갈 수 없는 생의 모퉁이에 서서

잠수해버린 어제를 건지려고 한다
거꾸로 선 아파트의 문을 두드리는 동안
늙은 11월 한낮이 기울고
출처조차 알 수 없는 염도 짙은 소문이 강물 속으로 스며든다

3부

팔월

칸나가 붉게 타오르는 달

뿌리 뽑힌 쇠비름도 시퍼렇게 머리 드는 달

발밑에 짓밟힌 풀도 씨앗을 품는 달

여름 강은 세다

강물 위에 햇살이 부서진다

한겨울 두꺼운 얼음도 뚫던 해의 화살이

한여름 강물에 부딪쳐 산산조각이 된다

해의 살도 부숴버리는 한여름의 강

부서진 햇살이 물고기 비늘처럼 반짝인다

징검돌 위 가마우지 물속 쏘아보고 있다

버드나무 부처

수타사에 가면 웃는 버드나무가 있다

풀어헤친 머리카락 발등을 덮는
굽은 허리, 천년 고찰 문지기로 나이 들어가는 버드나무
수백 번 계절이 오고가며
볼 거 못 볼 거 지나오면서 늙은이 하고픈 말들
웃음으로 삼켜버린 흔적인가
수타사 풍경소리 법문으로 모아 담은 주머니인가
속이 훤히 보이도록 파안대소破顔大笑하는
목울대에 매달린 말씀 주머니가 큼직하다
그 앞에 합장하고
세월의 더께에 우툴두툴해진 봄바람 법문을 듣는다
푸른 경전을 읽는다
오월이 깊을수록 푸르른 말씀 풍성하다

木耳

팅팅 불은 나무가 밤새워 운다

밤이면 물 올리던 시름에 젖어 운다

뿌리가 없는 나무 젖은 껍질 사이로 온몸이 근질거리며 돌기가 돋아난다
온몸이 젖는 날이면 가려움증은 더욱 심해졌고
가려운 곳마다 돋아나온 돌기들이 빠르게 자랐다

나무는 뿌리 대신 귀를 얻었다

木耳가 흐느적거리며 장마를 건넌다
나무들이 팅팅 불은 몸으로 밤마다 물 올리던 소리를 추억하고
골짜기마다에 귀를 잃은 것들의 신음이 가려움증으로 운다

貧寒

아침부터 비 내려
마른 곳 하나 없는데
날갯짓 막 시작한 새 한 마리
눈썹 그늘 같은 창틀 아래 파닥인다
빗속을 날기에
새의 날개는 연약하고
날개를 접고
비를 긋기엔 그늘이 얕다
비명처럼 파닥이는 저 여린 날개에
어깨 하나 빌려줄 수 없는
세상에 다 내보인 가난 위에
비는 더 굵어진다

수도관이 터졌다

나이가 들면 마음도 삭아 쉬이 구멍이 난다는 것을
너무 늦게 알았다
떠난 것들은 다시 돌아오지 않았다
그들이 남긴 흔적들이
붉은 멍으로 남아 녹슬고 있다는 것도 몰랐다
한 번도 속내를 보인 적은 없었다
보낸 뒤의 후회들이 쌓여 길을 막고 있었다
견뎌온 시간들이 서러움으로 고였다
참을 수 없는 슬픔이 새기 시작했다
대책 없는 눈물은 약해진 마음을 적셨다
닦는 것 외에 다른 방법을 몰랐다
두려움이 슬금거리며 다가왔다
침침한 저녁이 더듬어 오던 시간이었다
시나브로 젖던 서러움이 비명도 없이 터졌다

홍도야 우지마라

1

뒷담에 기대, 추녀 끝에 방 하나 들였다
창문도 낼 수 없는 문 옆에
아궁이만 들인 부엌이 없는 방이었다
서너 명 모로 누울 수 있는 그 방에
첫 세입자는 네 명의 연예인*이었다
방이 좁다고 하니 잠만 잘 거라 했다

한 달 오천 원의 사글세

한나절이 되어도 얼굴 볼 수 없는 세입자들은
오후 서너 시가 되어야 목욕바구니를 들고 나왔다

저녁 설거지 할 무렵이면
향긋하고 아찔한 냄새가 마당에 자욱했다

짧은 치마에 굽이 높은 구두를 신은 네 명의 세입자들은
설거지 하는 마당 수돗가 지나 또각또각 출근을 했다
〉

2

전화를 자주 빌리는 앳된 세입자는
유치원에 다니던 딸에게 곰 인형을 주었다
열일곱 살이라던 그녀는 늘 전화를 하면서 울었다

* 읍내에 있던 룸살롱

깻묵

분노가 뜨겁다

기다림이 필요하다

온몸 부서지며
마지막 기름 한 방울까지 착취당하고
영문 모르고 쫓겨난 삶이 얼마나 억울하랴

표면이 심연인 듯
억울함을 감추고 살아온 시간
속 탄 얼굴이 까맣다

지나간 일에 집착하지 말자

생각의 전환이 필요하다
밥이었다는 분노보다
거름이 될 수 있다는 긍정

기다림은 발효의 시간이다
〉

분노가 식으면
보람된 후생이 기다릴 거야

동행

내 곁에 누군가 있다는 것을 알았다

암호 처럼 알 수 없는 귓속말을 속삭이는
그의 배후에 누가 있는 것일까?
잠 속까지 따라온 이명이 꿈 길로 파고들었다
생각을 먼 발치에 두는 날이면 더욱 집요하게 다가왔다
무심의 날들이 오래되자 한 겨울 풀벌레 들이 세레나데를 불렀다
많은 시간이 지나갈수록 그의 집착도 끈질겼다
가끔 낯선 신호음이 귀의 언저리에 머무르기도 했다
외계인의 언어로 보내는 신호음
나를 유혹해 얻을 게 무엇이던가
내 곁을 맴도는 속삭임이 수상하다
혼자이고 싶은 날 사랑 노래도 소음이다
존재를 인정하라는 체념섞인 위로거나
보낼 수 없다면 함께 가라는 처방은 치료가 될 수 없다

혼자인듯 혼자가 아닌 날들이다

不眠

저놈 잡아라!

밤마다 어디를 쏘다니느라 날이 새도 아니 오느냐.

도망간 놈 뒤쫓다 또 날이 밝았네.

해고는 아무나 하나

입사한 지
2년 된 그녀를 해고했네요
일도 잘하고
병원 신세 한 번 안지고
결근 한 번 안 한
목소리도 우아한 그녀였어요
골드미스 소리 듣기에 아직은 이른
잔업을 해도 불평 한마디 없던 그녀였네요
입사 6개월 만 지나도 구세대라
신입 들이고 싶대요
해고할 구실을 찾더라구요
머리 좋고 눈치 빠른 신세대 들이고 싶대요
디지털 신세대들
명령만 잘하면 미리 알아 예약까지 하지만
맘 안 내키면 금시 오류를 내는
까다로운 세대라는 거 모르지 않겠지요
지루한 경력에
입맛 하나 제대로 맞출 줄 모르는 게
해고 이유라고요?

변덕 심한 늙은 입맛이 문제라는 거 당신도 알잖아요

경력직 다루는 것도 서툰 아날로그 당신

말대답이 특기인 저 신입

명령 어설프면

쿠쿠* 하는 코웃음은 알고 있지요?

* 전기밥솥의 브랜드명.

트로트를 끓이는 아침

술 마신 날이면 트로트를 끓인다
냄비 안에 음표들을 넣는 아침
냄비 뚜껑이 들썩이며 화음을 섞는다
언제나 첫 음 자리는 낮은 도에서 시작된다
이 노래는 쉼표를 쓰면 안 된다
쉼표 없이 빠른 박자로 끓여야 대중에게 먹힐 수 있다
마무리는 늘 오선지에 쓸 수 있는 가장 높은 음이다
냄비 안에서 쿵짝쿵짝 네 박자로 내달리던
음표들이 밖으로 뛰어나온다
늘 같은 음을 넣어보지만
한 번도 같은 노래가 되지는 않는다
오늘은
온음표가 너무 많이 들어갔다
센 기호들을 써보지만 퍼포먼스만 돋보인다

배기량은 백일향보다 화하지

엄마한테 가는 길
쉰이 넘은 아우, 아들과의 대화가 다정하다
무슨 말이 오가는지 차 안이 온통 화하다
내가 섞일 자리는 아니라
나팔꽃처럼 귀만 열어놓는다
엄마 아들 주고받는 백일향 이야기
백일향 백일향이 화하다
꽃 좋아하던 우리 엄마
백일향 좋아했다는 이야기를 하나
외할머니 좋아했다는 백일향을 사가자는 건가
소곤소곤하는 말들이 하도 다정해
백일향 화분을 사려나 꽃다발을 사려나
열린 귀를 접지 않았다
백일향 배기량 백일향 배기량
배기량은 화분이 될 수 없지만
배기량은 꽃다발이 될 수 없지만
백일향보다 환한 배기량이 좋은 이야기
어떤 자동차 배기량이 저리도 화할까
매연 없는 두 모자 이야기 백리 밖까지 환하다

그 남자의 엘레지

한 남자가 있었네
백정의 후예인가
칼 쓰기를 좋아하는 남자
바다도 하늘도 땅도
잡히는 대로 칼을 휘두르는 남자
바다고 강이고 마음대로 칼을 쓰지만
물보다 땅을 더 좋아하는 남자
펄떡거리는 육지의 가슴 헤집어 간을 씹고
온기 식지 않은 껍질 벗겨
술안주 하는 남자
날개 꺾인 것의 발모가지 잘라 발톱을 뽑는 남자
저 남자도 심장이 뜨거울까
그 남자가 궁금했다
연애편지는 써봤을까
볼 때마다 궁금한 남자
온기 남아 있는 붉은 간 앞에 놓고
소주잔 오가며 엘레지가 한창이네
저 남자도
심장은 말랑하구나

은유를 모르는 날것의 거친 말들이
슬픔을 감추려 함이었나
저 남자의 슬픈 연가는 무엇일까
저 남자의 엘레지가 궁금하다
그 남자
소주 한 병 추가에 이어
여기 엘레지*는 없쥬?

* 한방이나 민가에서 수캐의 생식기를 이르는 말이라 함.

나의 딸은 목마가 키웠다

나의 딸은 회전목마가 키웠다

곰 세 마리 한 집에 있어 아빠곰 엄마곰 아기곰

할머니는 늘 출타 중이었다

아빠곰은 출근하고 엄마곰은 살림하고 언니곰은 유치원 가고 아기곰은 업어줘야 자라지
아기곰 업으러 온다고 파발마 온다

아이는 엄마 등 대신 목마의 등에 업혀 자랐다

목마를 타던 아이들이 다 돌아간 뒤에도 어린것은 플라스틱 말 등에 묶여
열 마리의 말이 끄는 세상을 몇 바퀴 더 돌아야 했다

아이의 울음소리가 나면 찌르르 젖이 돌았다
맘씨 좋은 할아버지는 늘 시간외 운행을 해줬다
〉

나의 셋째 딸은 회전목마가 업어 키웠다

서른이 넘은 지금 말馬 많은 제주에 산다 말言을 먹고 산다

홍천강 1

시월의 강은 차고, 물은 깊고 푸르다
가을빛으로 물든 풀들 사이
철모르는 갯버들과 은빛의 갈대가 공존한다
청둥오리들이 자맥질을 하고
물속에 잠긴 아파트가 흔들린다
저 강이 얼면 어디로 가야 하나
수심이 낮은 강가에
외발 딛고 선 왜가리 한 마리
움츠린 목에 얼굴 묻고 생각이 깊다
새의 깃털 같은 갈대꽃이 바람에 흔들린다
날 수 없는 날갯짓이 공허하다
초록을 지우지 못한 버들잎이 우표도 없는 편지를
속달로 띄운다
강물보다 시린 하늘 더 푸르고 깊다
아무도 없어 울기 좋은 곳 갈대는 여전히
공허한 날갯짓으로 흔들리고
갯버들은 연신 돌아오지 않을 편지만 띄운다
나는 오지 않은 내일을 걱정하고

내일을 모르는 철새들은

무리 지어 텅 빈 하늘을 날아오른다

홍천강 2

사월은 나이가 들어가고
강가 소루쟁이들 어제보다 초록이 짙다
연두보다 짙어가는 초록의 번짐처럼 강물은 불어 있다
여전히 속내를 알 수 없는 연희교 아래
자맥질 하던 가마우지 죽은 듯이 앉아 있다
저 새는 무엇을 저리 골몰하고 있는 걸까
사라지는 것들에 대한 두려움을 저 새는 알지 못한다
알 수 없는 강물의 깊이처럼 내일 또한 알 수 없다
순간 이끌리듯 물속으로 사라지는 가마우지
원을 그리던 파문이 사라지고 멈춘 시간 속으로
하늘이 들어오고 새안정스위트*와 키즈메디*가 뛰어든다
물가의 버드나무 덩달아 뛰어든다
바위서렁에 매달린 병꽃도 머리를 디민다
꽃들의 눈이 모두 강물을 향해 있다
바람도 숨을 고르는지 고요하다
시간이 정지된 그 순간
강기슭 물결이 일며 저만치 수면 위로 검은 머리가 올라온다
강물에 뛰어들었던 것들 일렁이며 깊은 숨을 몰아쉬고

물 밖을 서성이던 왜가리 한 마리 별일 아니라는 듯 날아오른다
나도 멈췄던 걸음을 다시 걷기 시작했다

* 홍천강 주변의 건물들.

한라산

소루쟁이 이모작으로 돋아나던 무렵
여름은 끝물이었다

한라산의 동쪽 성판악에서 백록담을 향한다
양치류들과 이끼가 자라는 음산한 그늘
공룡이 금방이라도 어슬렁거릴 것 같은 중생대를 지난다
지금도 제주도엔 고사리가 많다

끝없이 이어진 산죽의 행렬
사철 내내 지치지도 않는 저 초록이 무섭다
초록이 보이지 않을 때까지 걷고 또 걷는다
화산석들이 발바닥을 치받는다
사라오름이 가까워지고 있다
가끔 나무 계단이 발밑에서 안전을 약속하지만
수시로 반란을 일으키는 종아리와 허벅지
올라가야 할 길은 멀고 오체투지로 엎드린 화산석들은
식지 않은 용암처럼 발밑에서 뜨겁다

진달래 대피소

그곳부터는 신의 영역이다
두 시가 넘으면 인간은 더 이상 오를 수 없다
함부로 발을 들여서는 안 되는 성역이라는 신의 경고
세상에서 멀어질수록 초록은 사라지고
주목의 고사목들만 흑백으로 서 있다
당당한 숫산양의 뿔처럼 여기저기 버티고 있는
살아 천 년 죽어 천 년 그리고 천 년을 더 서 있었을 고사목들이
겁 없이 성역에 발 들여놓은
인간들을 주눅들게 한다
까마귀들이 그곳이 예사롭지 않음을 알린다
정상은 神들의 제단이다
구름과 바람이 수시로 눈을 가린다

일곱 시간을 걸어 마주한 백록담

구름 위
신의 세계에서 내려다보는 인간세상이 모두 발아래 있다

4부

개똥이네

개똥이 아부지는 목수였다지
아흔아홉 칸 양반집을 짓던 대목장은 아닌 듯하고
농짝이나 개다리소반을 만들던 소목장도 아닌 듯한데
한 번 일을 나가면 반년을 떠돌다 돌아오곤 했다지

개똥이네 집은 개울 건너 산 아래
기둥조차 비스듬한 초가 오막이었어
그 동네에서 이엉을 몇 해씩 못 얹는 집은 그 집뿐이었다지

머시마 둘 애장터로 보내고 낳은 지지배
명줄이나 길어라 개똥이라 불렀다지

개똥처럼 천하니 명줄은 길어 열 살을 넘기니,
그 어미 물동이 이는 요령부터 가르쳤다지

개똥이 아부지 대목장은 못 돼도, 팔도 유랑에 입맛은 팔도 맛집이라,
석삼년 초가삼간 이엉은 못 덮어도, 남의 살이 없으면

밥상이, 댓돌로 날아가 엎어졌다지
비만 오면 지시랑물이, 십 년 묵은 장물보다 더 꺼먹물
로 떨어져도,
말로만 듣던 아지노모도*
젤 첨 본 것이 개똥이네 부뚜막 위였다지

* 일본에서 처음으로 들어왔던 인공 조미료.

아이러니

쥐며느리는 쥐가 아니고
짚신벌레는 짚신을 모른다
저 지네는 발이 너무 많아 신발을 못 신고
바퀴 벌레는 바퀴가 없다
괭이밥을 괭이는 먹을 수 없다

둥근 기억

늙은 피나무 선산지기처럼 빈 집터 지키고 있다

홀로 늙어가는 저 피나무

저 피나무의 아비는 두리반이 되었다지*

두리반 하고 부르니 두런거리는 소리 둥글다

둘러앉을 식구가 없으니 부를 일도 없는

작약도 해가 지니 꽃잎들, 꽃술에 둘러앉았다

두리반 다시 한 번 부르니

식구들 한자리 둘러앉던 저녁의 둥근 기억

두리반 후손 손 한 번 잡아보고 싶던 그 시간,

* 이상국 시인의 시 「다 저녁때 내리는 눈」의 피나무

설해목

지왕동*을 지키던 늙은 소나무.

한나절 봄눈을 이기지 못하고 부러졌다.

잘려나간 상처가 깊다.

모진 세월 견뎌온, 순간이 무색하다.

상처 위로 짙은 회한이 끈적인다.

소나무는 새순이 자라지 않는다.

* 김씨 선산이 있는 곳.

동쪽으로 머리 두고 잔다

폭설에 갇혔던 미시령 눈 녹는 소리 두드린다

때도 없이 서걱이던 영랑호 갈대들의 청승이 찾아오고

속초 동명항 고깃배 들어온다

외옹치항 파도 멀어질듯 가까워진다

물치항 젖은 바람 학사평을 질러 설악산 들어선다

바람에 울부짖던 울산바위 흐느낌이 들린다

동쪽으로 난 잠의 길이 어지럽다

자리끼 얼까 걱정하던 그 겨울밤 엄마처럼

돌이 지나도 걸음마가 늦던 막내 둘남이
바깥이 궁금해 손가락으로 뚫어놓은 문구멍으로
바람 들던 그 겨울밤
풀 먹은 낡은 문풍지 유난히 큰 소리로 징징거렸다
한겨울 바늘구멍 황소바람 든다고
엄마는 벗어놓은 버선목으로 뚫어진 문구멍을 막았다
웃풍에 코가 시리던 그해 겨울
아랫목에 나란히 누운 고만고만한 어린 딸들
바람 들세라 때묻은 이불 꼭꼭 눌러 여미며
밤새 쿨럭이는 젊은 아부지 등 쓸어주며
고랫구멍 막힌 구들장 윗목에서
아부지 자리끼 얼까 잠 못 들던 울 엄마처럼
거문골 골바람 밤새도록 울었다

이남순뎐

1.

김 仁자 陪자 가진 이는 남순 씨 시아버지. 궁적산* 중턱 지왕동에서 조씨 성 가진 처자와 짝을 맺어 놋숫가락 두 개에 좁쌀 두 말 지고 궁지기 골짜기 비켜와 버덩으로 가다가 산 아래 봇짐 풀고 주저앉았다는, 첩첩산중의 인배 씨 뿌리. 죽을둥살둥 산비알 일궈 밭마지기깨나 되니, 조씨 성 가진 그 처자 애를 낳다 진자리에서 가버리고. 인배 씨 생의 무대 위엔 일꾼도 되지 못한 아랫도리 벌건 사내애들, 동냥젖으로 목숨 부지해야 할 핏덩이 여시개만 남아 아낙의 빈자리 떨어진 거적때기처럼 너덜거려, 미처 여물지도 않은 맏이 내세워, 며늘 보자 했다는 인배 씨 속내, 아낙 없는 살림이 오죽하냐고 동네 늙은 과수댁 매파 자청하고 나서, 시오리 밖 성산 새말에 머언 조상이 뭔 죄에 얽혀 귀양 와 주저앉았다는 전주 이씨 아무개네, 나이 든 처자 둘이 있어 얼추 비젓할 테니 한 번 가보란다고, 서른 좀 넘어 홀아비 된 인배 씨, 작달막한 키에 곰방대 허리춤에 꽂고 어스름녘 늙은 과수댁 일러준 이씨 댁 찾아 낡은 싸리울 밖에서 지나가는 나그네인 양 어정대며 힐끔거리니, 배시시 방문이 열리며 해사하고 자그

마한 처자 하나 땅이 꺼질까 가만가만 봉당을 내려서 정짓간으로 들어가고, 뒤따라 삼단 같은 댕기머리 허리춤에 툭 떨어지는 검춤하고 목고대가 쑥 빠진 처자가 물동이를 이고 성큼성큼 사립문 들어서는데 덩치 보아 하니 소 대신 밭을 갈아도 될 성 싶더라고, 인배 씨 뒤도 안 돌아보고 내처 돌아와 그 늙은 과수댁에게 그 집 큰처자를 다리 놓아달랬다나 뭐라나, 걱실걱실한 그 처자 데려오면 안안팎 농사 걱정 없겠다는 꺼먼 속내 인배 씨 가마에서 내리는 새색시를 보다가 "어이쿠!" 그 자리에 주저앉았다는데 분명 두 딸 중 큰처자를 달라 했는데 가마에서 내리는 처자는 해사하니 피죽도 못 먹은 것 같던 작은처자라더라나, 화가 상투 끝까지 올라간 인배 씨, 늙은 과수댁 찾아가 곰방대로 댓돌을 두드리다 삿대질을 하다 소리소리 지르며 왜 처자를 바꿔왔냐 따지니, 매파 자청하던 늙은 과수댁 큰딸 찍었다기에 안 준다는 걸 싸움싸움하듯 어르고 달래 데려왔는데 뭔 소리냐고 되려 화를 내더라나 뭐라나.

무녀리로 나온 남순 씨 잔병치레로 늘 배실배실해 두

살 아래 아우한테 성 소리는커녕 늘 쥐어박히기 일쑤였다니, 검춤하니 억실억실한 처자 몸피가 그들먹하니 으레 큰처자거니 지레 짐작 큰딸 달라 했을 인배씨.

- 저 저릅대 같은 잔대이로 아는 제대로 낳겠나!
- 하래터진 저 걸음으로 오랍뜰이나 매겠나!

괜스레 험험 헛기침 하며 돌아서서 팽하고 코를 푼 손 바지춤에 슥 문지르더라나 뭐라나.

2.

열일곱 남순 씨 가마에서 내려 보니 마마를 앓아 얼금얼금한 낯을 한 열네 살 사내아가 서방이라고. 아래로 두 살 터울 남매 쌍둥이로 나와 혼자 남았다는 머시마, 그 아래 누렁 코가 발등을 덮겠는 열 살도 안 된 머시마, 보지도 못한 시어머이 그 아 낳다 죽어 동네 동냥젖으로 자랐다는 여시개는 다섯 살이더라나 여섯 살이더라나, 첩첩산중 같은 그 가솔들 물맛을 언제 봤는지 손등이며 모가지 까마구가 동무하자 하고, 입성이라고 몸에 걸친 것들은 어디가 올이고 어디가 때인지 원래 무명빛이 보이지덜을 않더라니.

3.

삼백육십 일 남순 씨 베틀에서 내려와 본 날이 없으니 여름이면 삼베 짜서 중이적삼 진솔로 해 입히고 갈이면 명을 따서 겨우 내내 실을 잣고 무명을 짜, 때 묻은 입성 안 입히려 이틀 도리로 잿물 내 삶고 풀 멕여 두드리는 게 일이었다니 겨우내 긴긴밤 베틀 소리 다듬이 소리 그칠 새가 없었다고, 소처럼 밭고랑에 쟁기질은 못 해도 밤낮 없이 베틀에 올라앉으니 그 집 사내들 밭고랑에 엎드리면 아무개네 밭엔 누렁 황소들이 고랑마다 그득하더라는, 발도 없는 소문이 시오리 밖 새말까지 가더라고.

4.

성산 새말에서 시집온 얼굴이 밀떡같이 하얀 그녀, 한 줌도 안 되는 허리, 버선발은 물외씨처럼 작았다지만, 홀시아부지, 세 살 어린 얼금배기 서방, 아랫도리 빨건 시동생들 누런 황소처럼 입히고 멕여 키워내고, 아들 넷 딸 셋을 잦은 터울로 순풍순풍 낳아 안안팎 농사 대풍으로 지었어도 여든아홉 저 세상으로 돌아갈 때까지 목소리 담 넘은 적 없다는 전주 이씨 남순 씨.

* 원주민들은 공작산을 궁적산이라 불렀다.

눈에 홀리다

종호씨 쉰살 무렵이라던가
소 시세 금 본다고 홍천장날 우시장 가더니
거간꾼하고, 팔고 살 물건 없는 홍정만 하다 해가 저물어
뚜가리 순대국 앞에 놓고 주거니받거니 막걸리 두어 순배 오가고
주모와 한 순배 더 돌리고
흥얼흥얼 삼십여리 걸어오던, 달도 없던 밤이었다지
천지사방이 환해 메밀꽃밭처럼 환해 늙은 주모얼굴처럼 환해
그만 그 환한 눈밭에 홀려, 밤길 헤매다 새벽을 맞았다는데
눈감아도 찾아오던 길, 제자리만 맴돌다 새벽을 맞았다는데
날이 밝아도 종호씨 오지 않아
남순씨 젊은 머슴 앞세워 발자국 따라가니
종호씨
거문골 입새 화쳇간*에 세루 두루마기 뒷자락 걸려
〉

"놔라!놔라! 이제 그만 놓거라!"

* 상엿집.

주방칠우쟁론기柱房七友爭論記*

글하는 선비에게 문방사우가 있었다면
바느질을 하는 여인들에게 규중칠우가 있었고
현대인들에는 주방칠우가 있으니
주방이 여자만의 공간이 아니게 된 것은
작금의 조왕신도 이해하리라

한밤중 물을 마시려 주방엘 들어서다가
희한한 광경을 목격하노니

가부좌를 하고 한자리 차지한 석빙가의 냉장 영감이
목쉰 소리로
나는 이곳의 터줏대감이노라 이 주방의 모든 비밀은 내가 꿰고 있나니
내가 아니면 느덜은 아무것도 할 수 없다
고로 이 주방에서 내가 없으면 주방은 멈추고 마노라

그때 두 번째 나이가 많은 딤채(침채)** 부인
늘 도도함을 유지하는 차디찬 그녀가 점잖게 한마디 한다
대감처럼 변덕 심한 영감이 어디 있겠소

얼었다 녹았다 나나 되니 날것들도 한 맛으로 품어
갈등이 없지요 뉘라서 날 이기려 하오

그 말에 슬며시 끼어드는 신문물을 먹었다는 쿠쿠 여사
당신들이 아무리 큰소리쳐도 쌀 한 톨 익힐 수 있소?
우리 집안 가마솥 조상 때부터 조왕신도 함부로 못 하던 뻐대 있는 가문이요
아무리 큰소리쳐도 쌀이 익어야 밥이 되지요
고로 이 주방 안에서 내가 으뜸이지요

기다렸다는 듯 짝짝 박수 소리가 났다
쿠쿠 여사 말이 맞소
여사가 밥을 하는 동안 나는 국을 끓이고 생선을 익히며 조리를 하니
여사와 내가 아니면 주방이 제대로 돌아갈 리 없지요
돌아보니 그도 신문물깨나 먹었다는 화티***의 후손 인덕션 씨였다

구석 한쪽에서 훌쩍이는 소리가 들렸다

얌전한 우물각시****가 젖은 손으로 얼굴을 가리고 있었다
자신은 월세로 들어온 세입자라 언제 방을 빼달랄지 늘 불안하다고 했다
쿠쿠 여사 머리 위에서 쭈그리고 앉아 구경만 하던
껑그리*****와 숙질간인 전자 도령
ㅎㅎ 모두들 가소롭도다
당신들이 얼려놓고 식혀놓고 난감해할 때
녹이고 데워 이 주방 돌아가게 하는 게 나라는 거 모르는 이 있소?
고로 내 아니면 당신들 일상이 좀 고단하리요

저 어둠 속에서 하품하는 소리가 들렸다
뭐가 이리 시끄럽노
어제 왼종일 달리다가
눈 좀 붙일까 했더니 이거 원 시끄러워서
얼금배기 맷돌 장군의 후손 믹서 도령이 기지개를 켠다

* 규중칠우쟁론기(閨中七友爭論記)를 패러디함.

** 딤채(침채): 김치의 고어.

*** 화티: 불씨 아궁이.

**** 우물각시: 정수기.

***** 껑그리: 음식을 찌기 위해 솥 위 얼기설기 얹는 것.

그런 시절 2
— 보릿고개

옥시기밭 초벌 풂앗이 한창이던 즈음이었다
보리이삭도 밀이삭도 퍼렇던 그 유월 보릿고개
우뭇골 산비알 개간한다고
나무 베어내고 뿌리 캐어내고 박힌 돌 굴려
한겨울 언 땅 갈아엎던 공공근로
삯으로 받은 밀가루도 항아리 저만치 내려가
칼국시를 끓이다 풀때죽을 쑤다
느루 먹을 걱정에 골몰하는 금례 씨였다

농촌도 개선돼야 한다나
아낙들 모아 생활개선구락부라는 게 생겨
지도소에선 연신 사람이 나와 모여라 헤쳐라 뭔 연설이 많아
부지깽이가 날고뛰던, 강아지 뒷발로 호미질을 하던,
바쁜 아낙들 수시로 불러 모아
위생타령에 식생활 개선타령이고
보건지소에선 툭하면 돌아댕기며
애 많이 낳으면 야만인이라고

굶어 죽는다고 남의 집 자식내까지 오지랖 떨고
한창 보릿고개 지도소에서 여자 사람이 나와
육고기 힘든 촌사람들 위해
밀가루로 고기 만드는 법을 보급 중이라고
십리 밖 아낙들까지 불러 모으니
금례 씨
모이라니 모여 머릿속은 온통 어긋난 옥시기밭 품앗이만 아까웠다

해거름에 돌아온 금례 씨
노갱이에 막장 풀어 넣고
국싯가락보다 아욱이 더 많은 장칼국시를 끓였다
호얏불 아래 국싯가락 집어 올리던 서방님
오늘 밀고기 배우러 간다더니
사돈도 있는데
배운 거 뭐 하고 칼국시냐 퉁바리가 철없어

"그거 뭔 줄 알우

밀가리 반데기로 칼국시를 하면 우리 식구 보름 양석은 되겠습디더
그 아까운 국시 반데기 물에다 죄다 주물러 빨아 애덜 씹는 끔 같은 거
몇 조각 너덜거리는 데다 참지름에 왜간장 귀한 사탕가리 질퍽하게 섞어 주무르니
뉘긴 양념 할 줄 몰라 양념 안 하나 양념 그리 쏟아 부우면 지게작대기도 맛있지우
양석 느루 먹는 걸 가르쳐야지 양석 줄이는 거 가르치는 게 생활 개선인감"

금례 씨 역정 섞인 푸념에 호얏불도 흔들리던 부슬비 오던 그 여름밤
양식 달랑거리는 보릿고개에 군식구까지 덤이라 가라 말은 못 하고
언제 가려나 눈치만 보다
어스름 기어오는 저녁 마당 내다보며
가라고 가랑비인가 낼 응달뜰 옥시기밭 품앗이 가야 하

는데…

말이 사돈이지
눈치 없는 사돈의 팔촌, 한 국자 더 국싯그릇 내밀며
신문 보니 통일베라는 벱씨가 나와 이제 양석 걱정 안
해도 된다는구먼유

가라고 가랑비, 있으려고 이슬비
금례 씨 밀고기 배우고 오던 날 저녁이었다

역병이 창궐하니

조선에 세기의 역병이 창궐하니
나랏님 명을 내리사
만백성은 입마개를 할 것이며
남녀노소 나들이를 금하노라
주막에서의 단체 모임은 물론
가족들도 4인 이상 모이지 말라 하시니
나랏법 어긴 적 없는 이 늙은이
새끼덜 낯짝 본 지 하세월이요
명절이라고 두 늙은이 마주하는 차례상이
조상 보기 민망하오
마주 봐도 정이 들까인데
거리까지 두라 하시니
남녀노소 손잡고 갈 곳이 없어
광대놀음 구경꾼 만무하야
하루하루 목구멍 풀칠하던 광대들
한숨에 땅이 꺼지고
쌈지 비어본 적 없는 양반들이야
나들이도 주막도 금하노니 삶의 질이 어쩌구
배부른 소리 주먹을 치켜들고

고뿔 환자는 줄었는데
우울증 환자는 줄을 선다니
나랏님 위로금
있는 놈 없는 놈 가리지 않고
내려주신 은전 몇 닢들
이 늙은이 오래 살다보니 나랏님 하사금을 다 받아
성은이 망극하온데
겁 많은 이 중생 하사하신 은전
이자까지 게워내는 거 아닌지 하마 걱정이 되옵니다

초근목피로 살아가다

천재지변도 없는 태평성대에
풀뿌리를 캐고 나무껍질을 벗기는 백성이 늘어난다는
상소가 빗발치니 이를 어찌한단 말이오
풀뿌리나 열매를 잘못 먹어 목숨 잃은 백성도 부지기수라니
정녕 이들의 기근飢饉을 구제할 방도가 없단 말이오

망극하옵니다
풀뿌리를 캐고 나무껍질을 벗기는 백성이 늘어난 것은 사실이옵니다만
그들은 주지육림酒池肉林으로
기름진 살을 빼기 위해 초근목피를 찾는 것이라 하옵니다
심마니라는 숭고한 이름이 화전민의 추억까지 부추겨
영구장생의 불로초를 찾기 위해
바퀴 달린 가마에 만백성을 싣고
명산을 찾아다니니 풀이며 나무가 살아남을 수 없다 하옵니다
초근목피를 암매하는 보부상까지 생겨
종류에 따라 웃돈이 오가며 부르는 게 값이라는 풍문도

돕니다

고로 굶주리고 헐벗은 것은 저들이 아니라

초목이 살아가야 할 산하인 줄 아뢰오

저들도 나랏님의 백성인즉

오히려 초근목피족에 명산 출입을 금하는 것이 합당한 줄 아뢰오

뒤돌아보지 말고 가시게!

자정이 넘으면 검둥개가 보이지 않는 것들을 향해 짖기 시작했다

스물하나에 붉은 피 서말을 쏟고 간 어미가, 젖 물리러 오는 시간
어린것은 자정이 넘으면 신열로 뜨거웠다
젖 한 번 못 물리고 간 어미는 저승 문턱을 넘어서지 못해 구천을 떠돌았다
두 그리움이 신열로 들끓어 어린것이 생사를 넘나들었다
시름거리는 어린것 어미를 떼어내야 어린게 사노니
구천을 헤매지 말고 저승으로 가시게! 뒤돌아보지 말고 가시게!
어스름이 먹빛으로 내리던 저녁
서럽게서럽게 귀를 울리던 무녀의 비나리가 청승으로 밤을 흔들었다
칼날을 물고 개복상 가지를 꺾어 흔드는 무녀의 맨발이 처연했다
밤이 깊어갈수록

신어미의 재촉처럼 원귀를 달래는 징소리 빨라지고
징소리가 고조에 달하면 물었던 칼날이 북쪽 어둠을 향해 날아갔다

짚단 위에 흰밥에 무나물, 동전 몇 닢이 차려져 있었다

맨천 신들의 집이 되어서*

대문을 나서 오른쪽엔,

삼족오 붉은기 내건, 할아버지神 모신다는 일명당이,

왼쪽으론 근세기 건물로 보호중인 성당이,

뒤돌아서면 사오년전 새건물에 새생명 교회,

언덕 아래엔 여스님들만 있는 호국사,

두개비 산 밑엔 산보다 더 커진 강룡사,

몇 걸음 더 내디디니 건물들 사이 노랑빨강 유치원 놀이터 보이는 원불교,

신은 믿는자에게만 온다고 했지

나는 어디에서 휴식을 찾나 내안에 휴심정 한채 들여

무념무상 쉬어볼까나 잣고개 넘다보니 길 옆에 '휴심사 가는 길'

마을은 맨천 신들의 집이라 내 안에 정자 하나 지을 곳이 없네

* 백석의 「마을은 맨천 귀신이 돼서」를 패러디.

해설

생의 통증과 시간을 역류한 언어들

김정수(시인)

김영희 시인의 세 번째 시집 『침침한 저녁이 더듬어 오던 시간』은 유년의 상처와 향수, 가족을 중심으로 한 유기적인 삶의 천착, 홍천이라는 공간을 원천으로 한 사물에 대한 관찰과 진술이 주조를 이룬다는 점에서 첫 시집 『저 징헌 놈의 냄시』와 두 번째 시집 『신남 가는 막차』의 시 세계를 더욱 심화 발전시키면서 새로운 시적 방법론을 모색하고 있다. 첫 시집이 "상처투성이의 내면 풍경을 응시하는 시적 의지가 자리"(고명철)하면서 "생의 고통을 아름답게 아파"한다면, 두 번째 시집은 "사람과 사람의 펩진한 관계에서 비롯되는 삶의 뜨거운 애환"(우대식)과 "홍천이라고 하는 공간과 그 주변 공간의 인간사에 대한 회고적 기록이 주를 이루고" 있는데, 이런 경향을 세 번째 시집에서도 어렵지 않게 확인할 수 있다.

이번 시집에서는 "보이지 않는 상처"(「상처가 아물지 않는다」)와 "끊을 수 없는 고통"(「가슴뼈 아래 묻었다」)이 시적 대상에 대한 관찰과 응시, "시간을 역류한 언어들"(「시인의 말」)을 통해 농밀하게 표현되는데, 사물의 이치나 방법, 인간사의 필연적 세계를 조곤조곤 들려준다. '조곤조곤'이라 했지만, 이는 시집 전반에 흐르는 분위기나 정서, 정조(情操)의 문제이고 시적 대상에 대한 표현, 즉 시적 진술과 묘사는 감정의 노출을 억제하면서 객관적 거리를 유지하고 있다. 이는 문장에서 필수 성분인 주어 '나'와 인칭대명사 '우리'가 생략되거나 의도적으로 배제하고 있음에서도 확인할 수 있다. 시에서 주어 '나'의 생략은 흔한 경우이긴 하지만 김영희의 시에서는 「봄, 꽃다지」, 「터미널 연가」, 「동행」, 「나의 딸은 목마가 키웠다」, 「홍천강 1」, 「홍천강 2」 등 몇 편에만 사용될 정도로 극도로 제한적으로 사용되고 있다. '나'를 포함한 여러 사람을 가리킬 때 혹은 내 편을 가리킬 때 쓰는 인칭대명사 '우리'도 "그의 혈관을 우리는 고랫구멍이라 불렀다"(「귀향」) 외에는 쓰이지 않고 있다. 당연히 "우리 엄마"(「배기량은 백일향보다 화하지」)나 "우리 집안"(「주방칠우쟁론기柱房七友爭論記」), "우리 식구"(「그런 시절 2 — 보릿고개」)의 '우리'는 인칭대명사가 아니라 명사 앞에서 관형어로 쓰여 말하는 이와 관련된 것을 친근하게 가리키는 말이다. 김영희의 시가 '나'를 포함한 가족의 상처를 지속적으로 드러내고 있음을 감안할 때, 자신의 상처를 어루만지면서 타자의 상처를 응시하고 있긴 하지만, 아직도 일정 거리에서 머뭇거리고 있음을 의미한다. 머뭇거림의 물살을 거슬러 올라가면 "말의 가시에 찔린 상처"(「상처가 아물지 않는다」)가 도사리고 있다. 사람에게 받은 상처는 사람에게서 위로받고 치유해야 하지만 시인은 '우리'라는 공동체보다 고향의 자연과 시를 통해 마음의 통증을 치유하고자 한다. 시인이 마주한 세상이 '나'와 '가족' 그리고 '자연'과 같이 우리가 주변에서 흔히 볼 수 있는 대상이기 때문에 김영희의 시는 낯선 이미지나 난해의 세계로 독자들을 이끌지는 않는다. 시인의 시선에 노출된 시선은 낯선 것이 아니지만, 아픔이 녹아 있는 삶, 자연의 순환에서 깨달은 존재론, 오래 농축된 경험과 언어로 변주된 시 세계는 낯선 풍경을 연출한다. 사물은 늘 그 자리에 있지만, 그것을 바라보는 시인의 시각과 감성, 계절의 변화에 의해 사물은 하나의 의미가 되어 세상에 드러나기 때문이다. 시에서 의미란 "예술 공간에 자리 잡고 있는 모든 표현의 내용이다. 그 내용은 시적 언술의 특성답게 묘사되어 있거나 진술되어 있다"(오규원, 『현대시작법』)고 할 수 있으므로 그 의미는 다양한 형태로 나타난다. 그 의미를 찾아가는 여정을 시작해 보자.

송진이 뛰어들어
솔 간장

장독대 옆 나이 든 소나무
솔 그늘이 되어도
솔잎 엄벙덤벙 뛰어들어도
장맛은 변하지 않았다
—「송진이 뛰어들어」 부분

햇살이 내려다보는 마당 잔디밭에
나는 꽃다지처럼 쪼그려 앉아
잔디보다 서둘러 나온 봄풀들을 뽑는다
마른 잔디 사이로 꽃다지 냉이
그 사이 이름도 잊은 풀들이 보인다
삼월의 중간쯤이다
바람 한 점 일지 않는 삼월의 햇살 고요하다
꽃도 피지 않는 잔디를 위해
어린 꽃다지와 봄풀들을 퇴출시키며
그들의 영역을 넓혀준다
풀의 가족이 늘어갈수록 잔디밭은 원형탈모를 앓았다
풀 뽑던 손 멈추고 하늘을 본다
잔디를 뽑아내고

꽃다지나 제비꽃을 키우고 싶다는 생각을
안 해본 것이 아니다
꽃 핀 봄 바람으로 내달리던
그리움들이 울컥할 때마다
나는 풀 뽑던 손 멈추고
봄 햇살에 주저앉아 꽃다지가 된다
—「봄, 꽃다지」 전문

김영희 시의 특징 중 하나는 계절의 변화에 민감하다는 것이다. 자연에 들어, 자연과 더불어 사는 삶인지라 당연하다고 생각할 수 있다. 하지만 단지 물리적 변화의 관찰에 그치지 않고 이를 시적 대상으로 삼는 동시에 경험적 사유를 통한 삶의 변화의 폭을 넓히는 한편 이를 긍정 에너지로 전환한다는 점에서 주목된다. 자연에서 만나는 사물은 계절에 따라 다른 모습으로 변하는데, 시인의 눈은 이를 놓치지 않고 예리한 감각으로 포착한다. 과거가 아닌 사물의 현 상태를 관찰하고 언술하다 보니 많은 시편에서 "삼월이 / 습설로"나 "삼월의 중간쯤"과 같은 구체적인 계절이 등장하는데, 이는 '조곤조곤'을 넘어 '꼼꼼함'으로 비쳐진다. 시인은 간장에 솔잎을 넣는 행위를 "엄벙덤벙 뛰어"든다와 같이 주체와 객체의 뒤바뀜을 통해 시적 재미와 완성도를 높이는 것에도 소홀하지 않다. 행위의 주체라 할 수 있지만 실제로는 객체인 솔잎이 주저하지 않고 덤벙대더라도 수용의 주체인 "장맛은 변하지 않"는다. 이는 내 집에 사람들이 아무리 많이 왔다 가더라도 집주인은 변하지 않는 것과 같은 이치다. 다시 말해 홍천이라는 공간에 사람들이 아무리 많이 넘나들어도 홍천은 변함이 건재하다는 메시지와 다름없다.

시 「봄, 꽃다지」의 시적 화자인 '나'는 "마당 잔디밭"에 "쪼그려 앉아" "봄풀들을 뽑"고 있다. 계절은 3월 중순, 잔디가 새로 올라오기 전 잔디밭에 "꽃다지 냉이"가 올라왔다. 땅속에서 추위를 견딘 어린것들은 올라오자마자 인간이라는 타의에 의해 지상에서 퇴출된다. 사실 그 땅의 원주민은 인간이나 잔디가 아닌 "이름도 잊은 풀들"이다. 어느 날 땅의 소유권을 주장한 인간이 불법 점유해 잔디를 심은 후 설 땅을 잃었지만, 대대로 살아온 땅을 망명하듯 떠날 수는 없는 노릇이다. 꽃을 피우기도 전에 인간의 손에 의해 뿌리 뽑힐 줄 알면서도 지상으로 고개를 내밀 수밖에 없는 삶은 소외된 인간의 모습과 많이 닮았다. "삼월의 햇살 고요"한 날 풀들의 학살이 자행된 것이다. 하지만 화자의 시선은 봄풀보다 "원형탈모를 앓"고 있는 잔디밭에 머문다. 잔디보다 "꽃다지나 제비꽃을 키우고 싶다는 생각"을 했다 하지만 자아의 상처를 통해 타자의 상처를 치유하는 데까지 미치지 못하는 아쉬움이 존재한다. 물론 그럼에도 불구하고 사람에 대한 그리움이 "울컥할 때마다" "주저앉아 꽃다지"가 되는 주체의 객체화를 시도하고 있다는 점과 눈에 잘 보이지도 않는, 무릎을 꿇어야 겨우 보이는 작은 꽃, 꽃다지를 통해 몸을 낮춰 세상을 바라보는 겸허와 애련(哀憐), 상처를 위무(慰撫)하려는 시도가 엿보인다는 점에서 앞서 말한 아쉬움은 상쇄되고도 남는다.

2월이 떠나고
바람의 눈빛이 수상하다
거칠던 손짓이 달라졌다
툭하면 시비를 걸던 심술도 줄었다
저 변덕스런 몸짓에 어떤 음모가 들어 있을까
수상한 메일이 왔다
3월이 술렁이기 시작했다
산후조리도 끝나지 않은 개구리 덩달아 외출이 잦아졌다
연못 속의 개구리알은 제 홀로 자라고
눈치 빠른 봄풀들 빈틈마다
자리를 잡았다
급하게 올라오는 아랫녘 꽃소식
소문만 무성하다
성질 급한 나무들 서둘러 잎눈을 열고
꽃다지 냉이 별표 무수한 지도를 꺼낸다

바람의 은근한 메일
겨우내 묶여 있던 그린벨트가 해제되었다
—「바람의 메일」 전문

야생의 뿌리 감추려 어미 옆구리 빌려
상류사회를 꿈꿨다
온실 속에서 위조한 신분
맨땅에 뿌리내리기엔 야생의 힘이 더 강하다고
무성한 변명들이 넝쿨로 자랐다
장미를 피워야 할 시간
뒤엉킨 변명마다 찔레꽃이 하얗게 매달렸다
—「접목은 어렵다」 전문

4부로 엮인 이번 시집에서 사계 중 봄을 노래한 시가 가장 높은 비중을 차지하고 있다. 봄은 생명이 움트는 계절이다. 이들 시편은 혹독한 겨울 추위를 견뎌낸 생명을 통해 생명의 소중함과 변화의 양태를 보여주고 있다. 지상의 생명이 땅속으로 스몄다가 지상으로 나오는 봄이야말로 새로운 시각으로 대상을 바라보는 최적의 계절이면서 이를 시적으로 표현하기 좋은 환경을 제공한다. 시인은 단순히 계절의 변화나 주체의 객체화에 머물지 않고 포착

한 대상의 의인화와 환유를 통해 관습적 인식에서 탈피하려는 시도에 공을 들이고 있다. 이는 「바람의 메일」, 「접목은 어렵다」, 「표고 - 백화고」, 「춘분」, 「무지외반증」, 「통증은 흐린 날과 동행한다」, 「가슴뼈 아래 묻었다」, 「상처가 아물지 않는다」 등 여러 편에서 확인 가능하다. 특히 「바람의 메일」, 「접목은 어렵다」는 관찰의 섬세함과 묘사의 적절성, 인식의 새로움이 돋보이는 수작(秀作)이라 할 수 있다.

먼저 「바람의 메일」에서 바람은 이메일로 치환되는데 물리적 바람과 들뜬 마음, 어떤 일이 원인으로 작용한 결과나 그 영향처럼 중의적으로 쓰인다. 따라서 단순히 '추운'에서 '따스함'으로 바람을 인식하는 것이 아니라 "눈빛이 수상"하고, "손짓이 달라"지고, "심술도" 줄어드는 등 성격이 한결 누그러진 사람으로 의인화해 보여준다. 3월의 날씨는 변덕이 심하다. 시적 화자는 바람의 '따스함' 속에는 "어떤 음모가 들어 있"다고 의심한다. 드디어 당도한 "수상한 메일"은 살아 있는 것들을 "술렁"이게 한다. 의인화는 바람에 머물지 않고 "산후조리도 끝나지 않은 개구리"와 같이 다른 사물로 파생된다. "산후조리"나 잦은 "외출"은 들뜨기 쉬운 인간의 심리상태를, "눈치 빠른 봄풀들"은 권력에 기생하는 인간군상을 희화화한다. 봄풀들을 조력자로 볼 수도 있지만 "눈치 빠른"이나 "그린벨트 해제"를 감안할 때, 긍정보다는 부정적 의미를 더 담고 있다.

사전에 의하면 접붙이기 또는 접목(椄木)은 "식물의 일부를 떼어 다른 식물에 붙이는 작업이다. 위에 붙이는 부분을 접지(椄枝) 또는 접수(椄穗), 접순(椄荀)이라 하고, 바탕이 되는 뿌리 쪽을 접본(椄本) 또는 대목(臺木)·접그루·밑그루·밑나무라고 한다." 접목을 하는 이유는 병충해에 강한 작물 취득이나 씨앗이 없는 품종의 증식, 한 식물에서 다양한 작물을 얻기 위함이다. 찔레나무 대목에 장미를 접하는 시 「접목은 어렵다」는 접목의 방법이나 과정을 세세하게 설명하지 않는다. 시가 사물의 직접 진술을 지양하는 것은 주지의 사실이다. 또한 관념이나 추상, 환상에 몰두하지도 않는다. 접목은 "상류사회"를 지향하는 욕망으로 표출된다. 이는 단순한 신분 상승이 아닌 "야생의 뿌리", 즉 출신 성분을 감추려는 의도된 목적과 "어미 옆구리를 빌"리는, 가족의 희생을 밟고 성공하려는 추악한 면모를 드러낸다. "야생"은 '내가 소유한 것이 하나도 없다'는 것과 '내가 서 있는 자연이 내 소유'라는 상징적인 의미를 지니고 있지만, 자연이 아닌 인위(人爲)의 입장으로 볼 때 전자의 성격이 강하다. "야생의 뿌리"는 대물림한 가난의 원인이면서 벗어나야만 하는 굴레와 다름없다. 하지만 뿌리가 약한 가계(家系)이므로 신분 상승을 위해서는 출신 성분을 감추고 "무수한 변명"과 가식, 가면을 써야만 가능하다. 이는 "온실 속에서" 어린 시절을 보낸 장미도 마찬가지다. 신분 상승을 이루긴 했지만, 더 높은 지위와 부를 이루기 위해서는 야생의 뿌리에 의존해야 한다. 윈윈(win-win)이라기보다 서로의 필요에 의한 전략적 동거에 가깝다. 신분 상승을 위한 동거는 장미가 피어야 할 자리에 "찔레꽃이 하얗게 매달"림으로써 실패로 끝나고 만다. 접목의 어려움을 통해 귀농이나 귀향 쉽지 않음을 은연중 내비치고 있다.

통증은 날궂이의 예고다
새벽녘이 되어 한도 초과를 견디지 못한 어둠이
기어이 터지고 말았다
빈 밭 같던 작약밭
흙속을 빠져나오는 붉은 통증
통증은 흐린 날과 동행한다
—「통증은 흐린 날과 동행한다」 부분

왼쪽 갈비뼈 위 쇄골 아래
통증이 온다
일상인 양 찾아오던 참을 만하던 아픔들이
훅하고 가슴을 내친다
가슴뼈가 끌어안은 심장 부근

끊어질 듯 위태롭게 이어진 핏줄이 그곳에 있었다
끊을 수 없는 고통이 통증으로 욱신거린다
늑골이 부러진 듯 숨 쉴 수 없는 아픔
끌어안으면 더욱 커지는 고통에 눈물이 난다
나의 숨이 나의 것이 아닌지 모른다고
영상으로 숨겨진 통증을 찾아본다
시티 속에 너무 태연한
부서진 가슴 안에
오래전 떠난 아이가 웅크리고 있었다
—「가슴뼈 아래 묻었다」 전문

김영희의 시에서 일상에서 마주친 사물과 풍경이 시로 탄생하는 것은, 그것들과의 유사성과 동질성이 합일을 이루었을 경우이다. 이때 인식의 주체인 시인과 원인을 제공한 사물이나 행위의 유사성이 클수록 더 빨리 반응하고, 동질성의 농도도 짙어진다. 유사성으로 촉발된 사유의 폭은 인식 주체의 능력 여하에 좌우된다. 가령 시 「표고 – 백화고」에서 "맞아야 사는 生"은 단순 관찰일 수도 있지만, '나'나 '가족', 더 나아가 '사회' 경험의 원인이 제공한 인식의 유사성을 내포한 문장이다. 사유를 내장한 이 문장은 "맞은 맷자리"와 "근육질의 몸", 즉 정신에서 육체로 시선이 급격하게 옮겨가면서 사유의 폭을 좁히고 있다.

위의 시가 정신에서 육체로 옮겨갔다면, 시 「상처가 아물지 않는다」는 말의 상처에서 몸과 마음의 상처로 자리를 틀어 앉는다. “말의 가시”는 시간이 지날수록 덧나 오해를 불러오고, “심장을 조여”와 마음의 병으로 전이된다. “아물지 않은 말들이 곪아가고”, 치유되지 않은 “후회들이 고름으로 차오”르는 시적 전개가 물 흐르듯 하다. 다만 한 가지, 비록 지엽의 문제이긴 하지만, 그 처방으로써 “이해밖에 없다”며 피상적인 결론을 맺은 부분은 조금 아쉽다. 사유가 개입할 여지를 차단할 뿐 아니라 시적 긴장을 떨어뜨리고 있기 때문이다. 가령 시 「통증은 흐린 날과 동행한다」도 같은 맥락에서 살펴보자. 이 시는 흐린 날 몸의 통증을 ‘작약밭에서 움트는 새순’으로 형상화하고 있는데, “구름의 음모”로 “과거의 통증들이 고개를 들고 어깨를 눌러”온다. 흔한 말로 삭신이 쑤신다. 여기저기 쑤시는 몸과 작약밭으로 비유하고 있지만, “상처난 지느러미 같은 아픔”(「시인의 말」)을 드러내는 것에 한정된다는 점에서 조금 아쉽다.

반면 시 「가슴뼈 아래 묻었다」는 “왼쪽 갈비뼈 위 쇄골 아래”의 통증이라는 경험에서 촉발됐지만, “끌어안으면 더욱 커지는 고통”과 “오래전 떠난 아이”의 연상 작용으로 인한 유사성과 동질성을 유연하게 접목하면서 삶의 통증과 철학적 사유를 담보하고 있다. 시가 꼭 철학적 사유를 담을 필요는 없지만, 사유가 시를 웅숭깊게 한다는 점은 분명하다. 의도적이지 않은 "숨이 나의 것이 아닌지 모른다"는 경험에서 우러나오는 인식은 시를 한층 높은 곳으로 끌어올리는 역할을 한다.

대한빌라 앞 길옆에
누군가 가져다놓은 아날로그 티브이
전봇대에 기대어 한 달째 노숙 중이다
수많은 발자국들이 지나가며
혀를 차거나 돌아보지만 멈춰서는 이는 없다
오늘도
온종일 내리는 비를 맞으며 웃는지 우는지
표정 없는 얼굴이 길을 향해 있다
오늘밤도 그는 한뎃잠을 잘 것이다
그도 한 시절 어느 가족의 중심이었으리
가족들을 한자리 모이게 하는 능력자였으리

빠르게 변하는 세상 디지털 세상에 자리 내주고
뒷방으로 물러나
잠 없는 누군가의 동무나 하면서
새벽을 열기도 했겠지
얼굴이 일그러지던 구안와사도 몇 번 지나갔으리
수전증으로 오던 흔들림도 있었으리

그렇게 늙어가다
방구석만 차지한다고
눈흘김 당하다가
아무도 모르게 낯선 곳에 버려졌으리라
쪽지 하나 없이 버려진 저 노숙
—「노숙」 전문

나이가 들면 마음도 삭아 쉬이 구멍이 난다는 것을
너무 늦게 알았다
떠난 것들은 다시 돌아오지 않았다
그들이 남긴 흔적들이
붉은 멍으로 남아 녹슬고 있다는 것도 몰랐다
한 번도 속내를 보인 적은 없었다
보낸 뒤의 후회들이 쌓여 길을 막고 있었다
견뎌온 시간들이 서러움으로 고였다
참을 수 없는 슬픔이 새기 시작했다
대책 없는 눈물은 약해진 마음을 적셨다
닦는 것 외에 다른 방법을 몰랐다
두려움이 슬금거리며 다가왔다
침침한 저녁이 더듬어 오던 시간이었다
시나브로 젖던 서러움이 비명도 없이 터졌다
—「수도관이 터졌다」 전문

강원도 홍천은 시인의 고향이면서 현재 살고 있는 물리적 공간이다. 오래 한곳에 머문다는 것(물론 중간에 고향을 떠나 있던 시기가 있겠지만)은 새로운 환경과 사람, 세상을 접할 기회가 상대적으로 적다는 한계를 노정할 수 있다. 이는 항시 존재하는 유사성과 동질성에서 새로운 접근을 어렵게 하는 동인(動因)으로 작용한다. 늘 지나치는 사물과 풍경에서 새로운 질서를 창출할 수 있는 것은 시적 대상에 대한 관찰과 경험의 힘이다. 시 「노숙」에서 화자의 시선은 홍천읍에 있는 "대한빌라 앞 길옆에 누군가 가져다놓은 아날로그 티브이"에 머문다. 많은 시편에서 확인할 수 있듯, 의인화된 티브이는 "한 달째 노숙"하고 있다. "한 시절 어느 가족의 중심이었"던 그가 "전봇대에 기대" "한뎃잠을" 자는 이유는 첫째, 늙고 병이 나서이고 둘째, "빠르게 변하는 세상"에 적응하지 못해서이다. 가족으로부터 외면당한 그를 지나가는 사람들이 "혀를 차거나 돌아보지만" 도움의 손길을 내밀지는 않는다. "온종일 내리는 비"를 맞으며 가족을 기다리는 모습은 애처로움을 넘어 처연하다.

시 「노숙」이 버려진 티브이를 고려장 당한 노인에 의인화했다면, 시 「수도관이 터졌다」는 나이 들어 아픈 몸을 터진 수도관에 비유하고 있다. "떠난 것들은 다시 돌아오지 않았다"는 뒤늦은 깨달음은 '건강은 건강할 때 지켜야

한다'는 교훈의 다른 표현이다. 젊은 시절 골병이 드는 줄 도 모르고 몸을 혹사한 결과가 "후회"와 "서러움" 그리고 "두려움"이다. 병(病)은 소리 없이 다가와 어느 날 갑자기 죽음의 덫을 놓는다(이번 시집의 닫는 시로 「뒤돌아보지 말고 가시게!」를 배치한 것도 이와 무관치 않은 것이다). 몸이 아프면 마음도 약해진다. "참을 수 없는 슬픔"이 "대책 없는 눈물"을 불러온다. 몸을 관리하지 못한 나 자신에 화가 나지만 그대로 방치할 수 없는 일이다. 사용한 지 2년 된 밥통처럼 교체(「해고는 아무나 하나」)할 수도, "무작정 길을 나"(「화살나무」)설 수도, 시월의 낙엽처럼 시위(「시월, 시위의 현장을 가다」)에 나설 수도, "아! 으악새 슬피 우는"(「아버지의 노래」) 하고 아버지처럼 흘러간 가요를 부를 수도 없다. "생은 고해苦海"(「알츠하이머 – 11월이 깊어간다」)다. 괴로움이 끝이 없다. 수타사에 들러 "풍경소리 법문"(이하 「버드나무 부처」)도 듣고, 오월의 "푸른 경전"도 읽으며 마음을 고요의 상태로 유지하려 애쓴다. 그래도 "영문도 모르고 쫓겨난 삶"(「꺳묵」)이나 "쪽지 하나 없이 버려"지는 것보다 낫지 않은가. 상처는 더 큰 상처로 위안을 받는다.

조선에 세기의 역병이 창궐하니
나랏님 명을 내리사

만백성은 입마개를 할 것이며
남녀노소 나들이를 금하노라
주막에서의 단체 모임은 물론
가족들도 4인 이상 모이지 말라 하시니
나랏법 어긴 적 없는 이 늙은이
새끼덜 낯짝 본 지 하세월이요
명절이라고 두 늙은이 마주하는 차례상이
조상 보기 민망하오
마주 봐도 정이 들까인데
거리까지 두라 하시니
남녀노소 손잡고 갈 곳이 없어
광대놀음 구경꾼 만무하야
하루하루 목구멍 풀칠하던 광대들
한숨에 땅이 꺼지고
쌈지 비어본 적 없는 양반들이야
나들이도 주막도 금하노니 삶의 질이 어쩌구
배부른 소리 주먹을 치켜들고
고뿔 환자는 줄었는데
우울증 환자는 줄을 선다니
나랏님 위로금
있는 놈 없는 놈 가리지 않고
내려주신 은전 몇 닢들
이 늙은이 오래 살다보니 나랏님 하사금을 다 받아

성은이 망극하온데
겁 많은 이 중생 하사하신 은전
이자까지 게워내는 거 아닌지 하마 걱정이 되옵니다
—「역병이 창궐하니」 전문

우대식 시인은 두 번째 시집 해설에서 두 번째 시집의 "형식적 특징 가운데 하나는 서사성을 구비한 사설(辭說)"(우대식)이라며 "추억의 시학이라 부를 만한 내용을 통해 과거라는 시간이 주는 의미를 되새기고 풍경을 인간의 삶으로 환치"시킨다고 했다. 이번 시집에도 김인배 씨의 며느리 이남순 씨의 일대기를 다룬 「이남순뎐」, 규방가사 「규중칠우쟁론기」를 패러디한 「주방칠우쟁론기柱房七友爭論記」, 보릿고개 시절 금례 씨의 하루를 다룬 「그런 시절 2 - 보릿고개」, 태평성대에 기름진 살을 빼기 위해 풀뿌리를 캐고 나무껍질을 벗는 것을 비판한 「초근목피로 살아가다」, 작은 땅에 많은 종교시설을 조롱한 「맨천 신들의 집이 되어서」 등에서 서사성을 구비한 사설의 시편을 선보이고 있다. 특히 「역병이 창궐하니」는 2020년 1월부터 발병한 신종 코로나바이러스 감염병(코로나19)을 사극의 형식으로 맛깔스럽게 표현하고 있다. "역병이 창궐"하자 가장 먼저 "만백성은 입마개를 할 것"과 "남녀노소 나들이를 금하"라는 명을 내린다. "주막에서의 단체 모임" 금지와 "가족들도 4인 이상 모이지" 못하게 하니, 명절에도 자식들 얼굴을 볼 수가 없다. 광대들도 "목구멍에 풀칠"하기 어렵고, 우울증 환자들도 늘어난다. 그나마 하사한 "은전 몇 닢"도 "다시 게워내"야 하는 것이 아닌지 걱정한다. 탁월한 서사와 사설임에는 틀림없지만 좀 더 신랄하거나 파격적인 형식과 내용을 담았거나 타자의 고통과 상처를 보듬었으면 좀 더 좋았겠다는 아쉬움이 상존한다. 이는 비단 이 시에 한정된 것이 아닌 이번 시집에 공통적으로 적용되는 말이다. 이는 당연히 시인의 더 깊은 미래를 응원하는 마음이겠다. 시적 대상에 대한 관찰과 상상, 사유가 분산되지 않고 한곳으로 모아질 때, 세상을 바라보는 인식의 날카로움과 부드러움이 교차할 때 "세상에 내놓으니 보"(「시인의 말」)이는 언어와 문장, 상처가 자아에서 타아로 전이될 때 한결 농익은 시가 저절로 흘러나올 것이다.

침침한 저녁이 더듬어 오던 시간

1판 1쇄 발행 2021년 11월 30일

지은이 김영희
발행인 윤미소
발행처 (주)달아실출판사

책임편집 박제영
디자인 전형근
마케팅 배상휘
법률자문 김용진

주소 강원도 춘천시 춘천로 257, 2층
전화 033-241-7661
팩스 033-241-7662
이메일 dalasilmoongo@naver.com
출판등록 2016년 12월 30일 제494호

ISBN 979-11-91668-20-9 03810

* 잘못된 책은 구입한 곳에서 바꿔드립니다.
* 책값은 뒤표지에 표시되어 있습니다.
* 이 책은 홍천문화재단의 후원으로 제작되었습니다